Chloe Martinez

Verehrt

Verehrt

Erotische Kurzgeschichten

1. Auflage

© Chloe Martinez

Impressum

© Chloe Martinez
1. Auflage 2019
© 2019
Herstellung und Verlag: BoD – Books on Demand, Norderstedt.
ISBN: 9783748188513
Coverfoto: depositphotos.com
Umschlaggestaltung: Andrei Matinkin

Inhalt

Kapitel 1

Das heiße Quartett

Ich genoss den Abend und war glücklich. Obwohl sich dieser ungewöhnlich warme Sommer dem Ende entgegen neigte, waren die Abende und Nächte noch immer sehr lau. Mein Freund Robert und ich saßen im Garten der Ashbys. Wir hatten das Paar vor drei Jahren im Urlaub kennengelernt und damals festgestellt, dass sie am anderen Ende der Stadt wohnten. Seither hatten wir uns mehr und mehr angefreundet, uns regelmäßig getroffen und Einiges gemeinsam unternommen. Robert verstand sich blendend mit Phil, was vielleicht auch daran lag, dass sie Anhänger des gleichen Football-Teams waren. Phils Frau Jenny war dann auch so etwas wie meine beste Freundin geworden. Ihr freundliches und offenes Wesen hatte mich von Anfang an fasziniert. Nachdem es in letzter Zeit aufgrund der zahlreichen Geschäftsreisen von Robert schwierig gewesen war ein

Treffen zu arrangieren, hatte es an diesem Abend endlich wieder geklappt. Phil und Jenny hatten uns zu einem BBQ eingeladen, um „den Sommer würdig zu verabschieden", wie Jenny gescherzt hatte. Und so saßen wir seit dem späten Nachmittag im großen Garten der Ashbys und nutzten die letzten Züge des Sommers. Nach dem Essen saßen wir zusammen, tranken Sekt und planten einen gemeinsamen Urlaub.

„Wie wäre es mit Hawaii?", fragte Phil hoffnungsvoll in die Runde.

„Aber nur, wenn du dich in einem hawaiianischen Baströckchen am Strand zeigst", antwortete Jenny und alle lachten herzhaft. Nach langer Diskussion konnten wir vier uns auf Cancún als Ziel einigen. Wir prosteten uns zu und gaben uns der Vorfreude auf die Reise hin, die erst in einem halben Jahr stattfinden sollte.

„Eigentlich wollten wir auch noch etwas anderes mit euch besprechen oder …", sagte Jenny unvermittelt.

„Oder besser: etwas fragen", beendete Phil den Satz seiner Frau. Ich sah Robert aus dem Augenwinkel an, der auch etwas verwirrt schien.

„Was denn?", fragte ich.

Sie wirkten beide etwas angespannt, so als müssten sie eine wichtige Präsentation halten.

„Also. Wir hoffen, dass diese Frage keinen Einfluss auf unsere Freundschaft hat", führte Phil aus. Plötzlich platzte es aus Jenny heraus: „Könntet ihr euch mit uns einen Partnertausch vorstellen?"

Ich spürte sofort wie mir Erregung in den Kopf stieg und mit Blut und Wärme zwischen die Beine schoss. Ich sah Robert an. Sein Mundwinkel zuckte für eine Millisekunde nach oben, ansonsten verzog er keine Miene.

„Wir denken, dass wir vier gut harmonieren würden. Wir sind jung und stehen in der Blüte unseres Sexuallebens", sagte Phil schelmisch lächelnd.

„Und außerdem sehen wir alle gut aus", lachte Jenny. Meine Gedanken fuhren Karussell und ich spürte, wie sich etwas in mir aufbaute – die erwartungsvolle Ruhe vor dem Sturm. Robert und ich waren im Bett sehr experimentierfreudig und hatten von Rollenspielen,

Analsex bis zum Einsatz sämtlicher Spielzeuge schon alles durch. Aber DAS wäre neu! In den Augen von Phil und Jenny sah ich ein erwartungsvolles Funkeln. Ich wollte nicht über Roberts Kopf hinwegentscheiden und setzte zu einer Erklärung an, dass wir das zu zweit besprechen müssten. Doch in diesem Moment ergriff Robert unter dem Tisch meine Hand – und drückte sie einmal fest. Das war ein Zeichen! Wir hatten im Laufe unserer Beziehung einige nonverbale Kommunikationswege entwickelt und dazu zählte auch dieser Handdruck. Einmal drücken bedeutete laut unserem Code „Ja", zweimal schnell „Nein". Robert wollte! Ich konnte meine Lust nur schwer zügeln und fühlte, wie meine Weiblichkeit feucht wurde.

„Ja … äh … also…", stammelte ich von den Eindrücken überwältigt, als Robert das Wort übernahm.

„Wir haben sehr viel Lust auf dieses Abenteuer. Wann geht es los?", fragte er und lächelte dabei.

„Wenn das so ist: Jetzt!", sagte Jenny.

Sie erhob sich aus ihrem Stuhl und ging auf mich zu. Sie

beugte sich zu mir herunter und liebkoste meinen Hals. Ich spürte ihre vollen weichen Lippen und ihre Zunge, die sanft aber intensiv meinen Hals erkundeten. Ohne zu wissen was ich tat, fuhr meine Hand unter ihrem Sommerkleid entlang ihrer Schenkel nach oben. Ich spürte, wie sie Gänsehaut bekam. Meine Hand erkundete jeden Zentimeter ihres Pos. Ich hörte wie sie aufstöhnte. Phil und Robert schien dieses Schauspiel zu gefallen, ihre Augen leuchteten mit einer Mischung aus Vorfreude und Unglaube. Jenny gab mir einen leidenschaftlichen Kuss und ich spürte, wie ihre Zunge mit meiner spielte – meine Begierde schien in diesem Moment meinen Körper zum Zerbersten zu bringen. Jenny lächelte mich an.

„Dann wollen wir uns mal um unsere Männer kümmern, was meinst du?". Sie ging auf Robert zu und machte sich an seinem Gürtel zu schaffen. Schnell war seine Jeans heruntergezogen und das Hemd aufgeknöpft. Ich sah, wie Jennys Hände den Körper meines Mannes entdeckte und wie sie sich selbst ihres Kleides und ihrer

Unterwäsche entledigte. Ich ging auf Phil zu und küsste ihn auf den Hals. Ich roch sein markantes Rasierwasser, dass ich schon immer gemocht hatte und meine Hand wanderte unter sein Shirt - und von da in seine Hose. Ich spürte seine harte Männlichkeit und fühlte, wie ich immer geiler wurde, wie ich immer mehr wollte!

Ich kniete mich vor Phil hin und zog seine Hose und seine Boxershorts herunter. Sein steinharter Penis sprang mir entgegen. Ich öffnete meinen Mund und liebkoste seine Eichel mit meiner Zunge. Er stöhnte auf und keuchte. Neben mir hörte ich Robert, Jenny schien ihm ordentlich einen zu blasen. Ich spürte, wie der Speichel aus meinem Mund lief, als ich meinen Kopf vor und zurück bewegte und fühlte mich unfassbar lebendig. In einer schnellen Bewegung zog ich mein Kleid aus, schob meinen Tanga zur Seite und gab so meine Vagina frei. Ich beugte mich über den Tisch und präsentierte Phil meinen Po.

„Mach es Phil. Besorg es mir richtig!"

Ich fühlte wie seine harte Männlichkeit in mich eindrang. Ich schloss die Augen und genoss jeden seiner Stöße. Er glitt immer tiefer in mich hinein – immer tiefer und tiefer und tiefer … Ich hörte die klatschenden Geräusche der Leidenschaft und fühlte den feurigen Schmerz auf meiner Haut, als seine flache Hand auf meinen Arsch klatschte.

„Ja… ja… Oh Gott!", stöhnte ich vor Lust auf.

Ich öffnete meine Augen und sah, wie Jenny auf dem Boden eine Decke ausbreitete, auf die sich Robert rücklings legte. Jenny setzte sich auf ihn und führte sich seinen harten Penis ein. Sie bewegte sich auf und ab und ihre großen Brüste hüpften mit. Sie beugte sich über Robert und lies sich von ihm ihre harten Brustwarzen lecken und liebkosen. Sie stöhnte und schrie vor Lust, als sie ihn immer heftiger ritt und ihr Becken auf seiner Männlichkeit kreisen lies. Die gesamte Szenerie war unwirklich und sexuell aufgeladen. Zu sehen, wie mein Freund es mit einer anderen Frau trieb, während ich es gerade von hinten besorgt bekam, sprengte meine sexuelle Vorstellungskraft. Doch es fühlte sich gut an! So unfassbar gut! Phil rammte mich immer härter und schneller und ich stöhnte laut. „Weiter Phil, weiter …!" schrie ich und kam kurz danach zu einem intensiven Orgasmus.

„Aaaaaah … Ja!", stöhnte ich befriedigt auf und merkte wie Phil seine Männlichkeit aus mir herauszog. Kurz darauf fühlte ich sein warmes Sperma auf meinem Po herunterlaufen. Was für ein Gefühl! Ich sah, dass Robert Jenny mit harten Stößen von unten zum Höhepunkt brachte und einen seiner Finger in ihr Poloch gesteckt hatte. Auch sie sackte kurz darauf befriedigt und erschöpft auf meinem Freund zusammen und küsste ihn noch einmal. Ich spürte wie mein Saft auf den Boden tropfte. Jenny gab Roberts Penis frei, stand auf und ging auf Phil zu. Sie küssten sich leidenschaftlich und intensiv. Auch ich ging zu Robert, kniete mich neben ihm auf die Decke und gab ihm einen Kuss. Wir öffneten unsere Lippen und unsere Zungen verschmolzen. In diesem Moment wussten wir beide, dass der Sommer zwar vorüber war – aber eine völlig neue Lust ihren Anfang gefunden hatte. Wir würden mit Jenny und Phil viel Spaß im Urlaub haben …

Kapitel 2

Das Feuer des Südens

Was für eine Göttin! Das dachte ich, als ich sie zum ersten Mal erblickte: Sie war eine junge Frau von schätzungsweise 25 Jahren, hatte wunderschönes seidenes schwarzes Haar, das bis über die Schulter ging und ihr brauner Teint wies auf eine südamerikanische Herkunft hin. Sie trug einen weißen Bikini, dessen Oberteil ihre perfekt geformten Brüste betonte, während ihr Tanga den Blick auf ihren wunderschönen Hintern freigab. Ihre Gesichtszüge waren weich und offen und sie hatte smaragdgrüne Augen. Mir stockte kurz der Atem, und ich kämpfte gegen eine aufkommende Erektion an. Eine Erektion wäre auch eher ungünstig gewesen, schließlich saß ich gerade mit meinen Kumpels Chris und Basti in Badehosen an einem Tisch in der Nähe des Pools und genoss die Vorzüge des All-Inclusive-Angebots des „Hotel Estrella". Wir kannten uns seit der Schulzeit und flogen einmal im Jahr gemeinsam nach Mallorca, um dort Party zu machen. Dort hatte ich schon die schönsten Begegnungen mit dem weiblichen Geschlecht gehabt, doch so eine Schönheit hatte ich noch nie gesehen! So wurden auch Basti und Chris auf den Plan gerufen, die schon seit dem Vormittag Bier und Wodka-Tonic tankten. Basti pfiff lang gezogen durch seine Zähne und Chris ließ sich zu einem wenig geistreichen „Wanna fuck?" hinreißen, als die Südamerikanerin nur wenige Schritte an uns vorbei ging. Mit einer raubtierhaften Eleganz drehte sie sich langsam um, musterte meine Kumpels abschätzig. Obwohl ich auch schon einiges intus hatte, gehörte ich nicht zu der Sorte Mann, die im betrunken Zustand Frauen belästigte und ich lächelte sie kurz entschuldigend an. Ihr Blick blieb kurz bei mir hängen, dann machte sie kehrt und ging Richtung Pool-Bar.

Er war mir schon von Weitem aufgefallen. Ein durchtrainierter Mann, der auf das Ende seiner Zwanziger zusteuerte. Er hatte einen gepflegten Bart, seine Haare waren modern frisiert. Als er mich zum ersten Mal ansah, merkte ich, wie er kurz lächelte. Mir wurde ganz anders, als ich seine strahlend weißen Zähne sah. Ein echter „Papi", wie wir in Südamerika sagen würden. Seine beiden Begleiter, die offensichtlich seine Freunde waren, waren leider betrunkene Vollidioten, die mich aufs dümmlichste anmachten. Als würde ich so ein blödes Macho-Gehabe nicht schon aus meiner Heimat kennen …

Ich ging an den drei Männern vorbei, und sah dem Hübschen dabei tief in die Augen. Ich hatte die Hoffnung, dass er dieses Zeichen deuten konnte. Als ich zur Bar des Hotels ging, spürte ich wie sich Lust in meinem Körper ausbreitete und wie es in meinem Schritt ganz heiß wurde.

Was für eine Frau! Als ich diese Traumfrau an mir vorbeigehen sah, fasste ich einen Entschluss. Als sie sich gerade vom Barkeeper am Tresen einen Cocktail bringen ließ, stand ich auf und ging zur ihr. Ich stellte mich neben sie und fragte etwas hölzern:„Hola, qué tal?"

Überraschenderweise bekam ich ein „Du kannst gerne Deutsch mit mir sprechen ...", zur Antwort. Mein Herz raste. Ich stellte mich vor und erfuhr, dass sie auf den klangvollen Namen „Lorina" hörte. Sie erzählte mir, dass sie ein Jahr in Berlin lebte und nun in ihre Heimat Venezuela zurückkehren würde. Ihre letzten Tage in Europa wollte sie auf Mallorca ausklingen lassen. Ich entschuldigte mich für das Verhalten meiner Freunde und sie lächelte mich an.

„Gracias a Dios – danke Gott", dachte ich.
Er hatte die Zeichen verstanden und war mir gefolgt. Am Tresen der Bar hatten wir uns vorgestellt und unterhalten. Tim wirkte unglaublich freundlich, auch wenn er sich kaum Mühe gab, die Blicke auf meine Brüste zu verbergen. Die schönste Zeit meines Lebens ging dieser Tage zu Ende, da mein Studentenvisum auslief und ich nach Venezuela zurückkehren musste. Der Gedanke ließ mich trotz der heißen Temperaturen auf Mallorca schaudern. Der Gedanke an IHN. Der Gedanke an meine Heimat und an den Mann, der dort

auf mich warten würde, widerte mich an und ich musste einmal tief durchatmen. Bald würde es zurückgehen … Doch noch war es nicht so weit! Ich wollte das Leben noch einmal fühlen. Noch ein letztes Mal, bevor es in die Realität zurück gehen würde. Ich lächelte ihn an – und meine Hand fuhr über seinen trainierten Körper immer weiter runter.

Sie ertaste meinen Körper und ihre Hand wanderte plötzlich in meine Badehose. „Was … Wie?!", stammelte ich wie ein Idiot. Sie legte ihren Zeigefinger auf die Lippen und machte nur „Psssst". Als sie begann meinen Schwanz unter der Badehose mit ihrer Hand zu bearbeiten, konnte ich sehen wie ihre Brustwarzen unter ihrem Bikini-Oberteil anschwollen. Der Barkeeper war in einen Hinterraum verschwunden, sodass wir völlig alleine waren und uns niemand störte. Als ich den Blick über die Hotelanlage wandern ließ, sah dass Basti und Chris, sich wieder ihren alkoholischen Exzessen widmeten und auch nichts von mir und Lorina merkten.

„Was ist? Vamonos?", fragte sie frech grinsend. „Du musst wissen, dass für mich in diesen Tagen eine sehr schöne Zeit zu Ende geht. Das würde ich gerne mit einem schönen Menschen genießen." Ihre Augen sahen mich erwartungsvoll an. Ich brachte ein „Klar, gerne" hervor.

„Was geschieht hier gerade", dachte ich und kam mir vor wie in einem Traum.

Wir gingen gemeinsam durch die Lobby des Hotels und steuerten auf den Aufzug zu. Ich sah den verwirrten Ausdruck in seinen Augen, doch das machte ihn nur noch charmanter und attraktiver. Wir stiegen in den Aufzug ein und ich drückte den Knopf „4". Ich gab ihm einen intensiven Kuss. Seine Lippen fühlten sich weich an. Er streichelte meine Wangen und fuhr mir durch das Haar. Unsere Zungen trafen sich und verbanden sich zu einer einzigen pulsierenden Zone der Lust. Mit einem geräuschvollen „Bling" kam der Aufzug an. Und wir gingen in mein Zimmer.

Ehe ich mich versah, betraten wir ihr Hotelzimmer. Sie schloss verführerisch lächelnd die Tür. Sie kam auf mich zu und küsste mich leidenschaftlich und unsere Zungen schienen eins zu werden. Lorina stöhnte auf als ich meine Hand unter ihren Tanga schob. Ich öffnete den Knoten ihres Oberteils, das zu Boden fiel und mir den Blick auf ihre wunderschönen Brüste freigab. Ich beugte mich etwas nach unten und leckte ihre Nippel, die schon ganz hart und voller Lust angeschwollen waren.

„So ist es schön", stöhnte Lorina und schubste mich rücklings aufs Bett.

Tim lag vor mir auf dem Bett und meine Hände erkundeten jeden Zentimeter seines Bodys. Sein Bauch war trainiert, ich erfühlte die Muskeln seines Sixpacks. Ich beugte mich über ihn. Meine Zunge umspielte und liebkoste seine Nippel. Er stöhne voller Lust auf und auch ich fühlte, wie sich feurige Lust in meinem Körper ausbreitete. Meine Zunge fuhr über seinen Bauch immer weiter nach unten. Mit jedem Zentimeter stieg die

Begierde mehr und mehr in mir auf. Ich ergriff den Bund seiner Badehose und zog sie ruckhaft nach unten. Seine pralle Männlichkeit präsentierte sich mir und mir gefiel, was ich sah. Danach zog ich meinen Slip aus. Er glitt über meine Schenkel und blieb am Boden des Hotelzimmers liegen…

Mit ihren sinnlichen Lippen umschloss sie meinen Penis und begann mit ihrer Zunge meine Eichel zu lecken. Ich stöhnte auf, als sie mit ihrer Zunge meine Spitze umspielte und lutschte. Mit würgenden Geräuschen nahm sie meinen Penis immer tiefer in den Mund. Speichel lief an meinem Penis herab, als ihr Mund ihn wieder freigab und sie mich anlächelte.

„Que rico, wie lecker", sagte sie und lächelte mich an.

„Jetzt zeige ich dir, was es heißt mit einer Latina zu ficken!", sagte Lorina grinsend.

„Na dann, leg mal los...", keuchte ich, als sie sich rittlings auf mich setzte.

Ich setzte mich auf Tim und führte seinen großen

steinharten Penis in mich ein. Mir blieb kurz die Luft weg, als ich ihn in meiner Vagina fühlte. Ich spürte wie totale Lust und Begierde meinen Körper überkamen. Ich bewegte mein Becken auf und ab und fühlte die heiße Reibung, die nur ein harter Penis in der Vagina einer Frau verursachen konnte. Ich fühlte seine beiden Hände auf meinem Arsch. Dann spürte ich einen harten Schlag auf der rechten Pobacke. Ein pulsierender Schmerz durchzuckte mich und mein Stöhnen wurde immer lauter.

„Siiiiiiiii … Tim! Mach es mir! Duro, härter!"

Es war, als genoss ich die letzten Momente meines Lebens.

Lorina ritt mich hart und stöhnte auf, als ich ihr einen harten Klaps auf den Hintern verpasste. Schweißperlen liefen über ihren Rücken, durch ihre Pobacken und vermengten sich dort auf meinem Penis mit ihrem Lustsaft. Ihr Becken hüpfte auf und ab. Ich stöhnte auf, als Lorina laut „Si! Si!" schrie und mit einer Hand an ihrem Kitzler spielte und dabei ekstatisch ihren Kopf herumwirbelte.

Ich spürte langsam, wie sich der Orgasmus in mir aufbaute, doch ich wollte noch nicht kommen - nicht bei ihr; nicht jetzt!

So zog ich sie zu mir hinunter. Ihre weiche Haut und ihre Brüste auf meinem Körper zu spüren raubte mir fast alle Sinne. Wir küssten uns innig und ich streichelte durch ihr Haar. Nach einiger Zeit setzte Lorina sich auf, stieg von mir ab und sagte mit einem schelmischen Grinsen: „Und jetzt zeig mir mal, was du kannst!" Sie ging um das Bett herum und kniete sich auf die Bettkante.

„Mach es mir von hinten", forderte sie mich auf.

Ich spreizte ihre Po-Backen und beugte mich herunter und leckte ausgiebig ihre Vagina und ihre Lustperle. Dann wanderte meine Zunge höher.

Als seine Zunge meinen Hintereingang berührte, zitterte mein Körper vor Erregung und Lust. Ich hatte noch nie Anal-Verkehr gehabt, was aufgrund meiner derzeitigen Lebenssituation aber auch kein Wunder war. Ich spürte wie seine Zungenspitze das Loch umspielte und sich die heiße Wärme zwischen meinen Beinen weiter nach oben verschob. Als Tim mir seine Zunge hineinsteckte, stöhnte ich auf und keuchte vor Lust und Verlangen.

„Fick mich, Tim! Nimm meinen Arsch! Tu es … Bitte!"
Er erhörte mein Flehen – und ich spürte die Spitze seiner Männlichkeit an meinem Poloch.

Ich gab ihr einen geräuschvollen Klaps auf die rechte Arschbacke, der sie aufstöhnen ließ und drang in sie ein. Ich liebte jede Sekunde, ich liebte diese Leidenschaft und in diesem Moment liebte ich auch Lorina. Meine Stöße wurden immer härter und Lorinas Anfeuerungen „Gib es mir hart! Siii... Ja! Ja! Ja!", machten mich nur noch geiler. Ich bin mir im Nachhinein sicher, dass wir in diesem Moment keine Menschen mehr waren, so animalisch gaben wir uns unseren Trieben hin.
„Weiter, weiter!" stöhnte Lorina und ich nahm sie noch härter ran!

Ich spürte, den süßen Schmerz und den Druck, den Tims harter Penis in meinem Poloch auslöste. Er nahm mich immer härter und schneller und fühlte wie er immer tiefer eindrang. Ein derartig intensives Gefühl der Lust hatte ich noch nie erlebt. Meine Finger umspielten meine hart angeschwollene Klitoris, während Tim weiter hart in meinen Hintereingang eindrang. Immer wieder, immer schneller und immer härter!

„Dios Mío! Ich komme ... Siiiiiiiii!" schrie ich meinen Höhepunkt heraus.

Stöhnend sackte ich zusammen und merkte, wie Tim seine Männlichkeit aus mir herauszog. Ich fühlte seinen warmen Liebessaft über meine Pobacken laufen - Ein Moment für die Ewigkeit!

Wir sanken auf dem Bett zusammen und verblieben 10 Minuten in unserer Position. Ausgepumpt, unfähig zu sprechen. Dann küssten wir uns und Lorina meinte: „Das war echt caliente!" Wir lachten zusammen und verabredeten uns in einer Bar. Wir wollten uns erst frisch machen und uns in einer Stunde dort treffen.

„Hasta Luego!", rief Lorina mir nach, als ich mich an der Tür nochmal umdrehte und das glückliche Funkeln in ihren Augen sah. Das war das Letzte, was ich von ihr hörte. Lorina tauchte nicht auf. Auch im Hotelzimmer war sie nicht mehr. An der Rezeption sagte man mir, sie hätte kurz vor unserer vereinbarten Uhrzeit ein Taxi genommen. So schmerzhaft es war, tröstete mich der unglaublichste Sex meines Lebens darüber hinweg. Doch eines war mir klar: Lorinas Augen würden mich ein Leben lang in meinen süßesten Träumen verfolgen!

Caracas, Venezuela

Ich liege schon wieder seit drei Stunden wach und starre die Decke an ... Neben mir liegt mein Mann, der mich nicht liebt, mich ständig betrügt und mich im Drogen- und Alkoholrausch schlägt. Ich muss meine Tränen unterdrücken ... Ich schließe die Augen und denke an Mallorca: Die Wellen, die Partys und den sympathischen Deutschen, der mir den Sex und den

Orgasmus meines Lebens beschert hatte! In Berlin hatte ich gelernt, dass die Deutschen sehr viel auf Traditionen und Beständigkeit geben und deshalb oft immer am gleichen Ort Urlaub machen! Jedes Jahr zur selben Zeit. Heute habe ich die Tickets nach Mallorca gekauft. Ich werde dort sein. Im selben Hotel, zur selben Jahreszeit! Und ich habe das Gefühl, dass ich Tim wieder sehen werde...

Kapitel 3

Das Fest der Sinne

„Dieses verdammte Arschloch. Fuck!", presste ich leise zwischen meinen Lippen hervor, nachdem ich die Bürotür meines Vorgesetzten zugezogen hatte. Mr. Sinister hatte mich mal wieder für eine seine zahlreichen Fehleinschätzungen verantwortlich gemacht. Ich arbeitete seit vier Jahren bei einer der größten Marketing-Agenturen der Welt. Die Agentur „King and Friends" hatte mehrere tausend Mitarbeiter und saß in London. Nach meinem Studium der Marketing-Kommunikation hatte ich mich dort beworben und wurde nach einigen guten Gesprächen genommen, sodass ich von Glasgow nach London zog. Ich liebte meinen Job, sowie all die Aufgaben und Tätigkeiten, die er mit sich brachte. Leider musste ich vor zwei Monaten die Abteilung wechseln. So wurde Mr. Sinister mein Vorgesetzter. Er war ein widerlicher Buchhaltertyp, dem es stets gelang seine Inkompetenz zu verbergen und eigene Fehler auf die Mitarbeiter abzuwälzen. So war es auch heute gewesen, als er mich für eine Budgetkalkulation verantwortlich machte, auf die er über Monate hinweg pedantisch beharrte – während ich ihm davon abgeraten hatte. Im Laufe des Gesprächs beschimpfte er mich als unfähige Praktikantin, die wohl lieber daheim hinter dem Herd stehen sollte. Als ich das Büro nach diesem frustrierenden Gespräch verließ, zitterte ich vor Wut. Ich ging sofort in die Firmenmensa, um mir einen Kaffee zu holen. Das Schwarze Gold war mein Lebensretter, der mich immer und zuverlässig runterbrachte. Ich hatte mir gerade eine Tasse unter den Vollautomaten gestellt, als mein Handy mich aus meinen negativen Gedanken riss.

„Alice meine Liebe, wie geht es dir?", hörte ich, als ich den Anruf annahm und meine Laune verbesserte sich sofort.

Es war meine beste Freundin Barbara, die ich in dieser Firma kennengelernt hatte. Sie hatte vor zwei Jahren aber gekündigt und arbeitete seitdem als freiberufliche Autorin. Ich erzählte ihr von Mr. Sinister, meinem Ärger und davon, dass ich Ablenkung durchaus gebrauchen könnte.

„Das schreit ja nach einem After-Work Drink im ‚Gloria‘, findest du nicht?", fragte Barbara lachend.

Wir verabredeten uns für den selben Abend. Es war 16:45 Uhr und damit kurz vor Feierabend. Ich ging durch einen der endlos langen Flure des Firmengebäudes zu meinem Schreibtisch zurück, der sich in einem Raum befand, den ich mir mit sieben Kollegen teilte. Ich nahm meinen Mantel, den ich über meinen Bürostuhl gehängt hatte, packte mein Notizbuch in die Tasche und dachte nochmal mit aufflammendem Zorn an Mr. Sinister.

Ich wollte meinen Rechner gerade runterfahren, als eine Mail eintraf. Verwirrt las ich den Betreff: „Einladung zum Fest der Sinne". Ich klickte auf die Nachricht.

Einladung zum Fest der Sinne

Sehr geehrte Miss Stones, ich wollte mich bei Ihnen für Ihre Arbeit bedanken, die Sie das ganze Jahr für diese Firma leisten. Um mich dafür erkenntlich zu zeigen, habe ich für einige ausgewählte Freunde und Mitarbeiter eine Feier organisiert, wobei ich natürlich auf Ihr Erscheinen hoffe. Sie haben 24 Stunden Zeit um zuzusagen. Sie erhalten dann weitere Details. Sollten Sie in dieser Zeit nicht zusagen, betrachten Sie diese Nachricht als gegenstandslos.

Hochachtungsvoll,

Rick King

Etwas verwirrt las ich die Mail noch einmal durch. Sollte das etwa ein Witz sein? In all der Zeit, hatte ich den Inhaber und Gründer der Firma nicht einmal zu Gesicht bekommen und nun erhielt ich die Einladung zu einer Party? Bestimmt hatte sich so ein sexuell-frustrierter Idiot aus der IT-Abteilung einen Spaß erlaubt. Ich schloss den Maileingang und machte Feierabend.

Am Abend saß ich mit Barbara im ‚Gloria', unserer Lieblingsbar. Als wir noch Kolleginnen waren, kamen wir beinahe täglich auf einen Absacker vorbei, doch seitdem Barbara die Firma verlassen hatte, kam nur noch einmal im Monat ein Treffen zustande. Dementsprechend hatten wir uns beide auf den Abend gefreut. Wir quatschten über Männer (Barbara hatte ziemlichen Stress mit ihrem Ex-Freund, einem „ziemlichen Idioten", wie sie ihn nannte), lachten und tranken Cocktails. Als das Gespräch auf das Büro kam, erwähnte ich beiläufig die Mail, die ich kurz vor Feierabend erhalten hatte.

„Ich habe mich schon gefragt, wann du eine Einladung erhältst", freute sich Barbara.

„Äh, wie bitte?"

„Alice, ich hatte kurz bevor ich gekündigt habe, auch so

eine Einladung im Postfach liegen", erklärte mir Barbara, doch ich verstand nur Bahnhof.

Sie blickte sich um, als fürchtete sie, dass uns jemand trotz der Musik und der Geräuschkulisse in der Bar, belauschen könnte. „Eigentlich darf ich dazu ja nichts sagen … Ich sag nur so viel: Diese Einladung ist kein Fake. Sie ist wirklich von Rick King. Ich konnte es damals auch nicht glauben, aber ich habe einfach zugesagt. Und was soll ich sagen … Es hat mein Leben und meinen Horizont auf mehreren Ebenen bereichert und erweitert. Ich würde dir empfehlen, die Einladung anzunehmen!", kicherte Barbara und ich bildete mir ein, dass sie errötete.

Ehe ich etwas entgegnen konnte, bestellte sie noch eine Runde, stand auf und zog mich auf die gut gefüllte Tanzfläche der Bar. Obwohl wir uns köstlich amüsierten, kreisten meine Gedanken immer wieder um die Einladung. Was hatte Barbara gemeint? Ich sollte es sehr bald herausfinden …

Am nächsten Tag saß ich mit einem veritablen Kater vor

meinem PC und hämmerte unmotiviert auf den Tasten herum. Barbaras Worte von letztem Abend flossen mir zäh wie Kaugummi durch den Kopf, brachten mir so aber wieder die E-Mail in Erinnerung. Aus einer Laune heraus, antwortete ich, dass ich sehr gerne an dem „Fest der Sinne" teilnehmen würde. Ich hatte eigentlich keine Intention und wollte einfach nur sehen was passieren würde. Keine drei Minuten später klingelte mein Diensthandy, als mich eine unbekannte Nummer anrief. Wie automatisch nahm ich den Anruf an.

„Hallo, Miss Stones. Hier spricht Mr.King", hörte ich eine ruhige aber markante Männerstimme sagen.

„Es freut mich wirklich sehr, dass Sie kommen möchten. Sie werden morgen um 19:00 bei sich zuhause abgeholt. Es ist, wenn Sie so wollen, eine Mottoparty. Der Dresscode lautet „Casino". Kommen Sie mit guter Laune und seien Sie offen für alles. Dann werden Sie einen unvergesslichen Abend haben."

Ich wollte etwas sagen, doch seine bestimmte Stimme unterbrach mich: „Es haben nur ausgewählte Menschen eine Einladung für diese Feier bekommen, daher vertraue ich auf Ihre Diskretion. Wir sehen uns morgen. Ich freue mich!".

Es knackte und die Leitung war tot.

Den ganzen Samstag war ich unschlüssig, was ich tun sollte und wie das ganze einordnen sollte. Barbara, die ich gerne noch einige Dinge gefragt hätte, war nicht zu erreichen. So siegte am Ende meine Neugier. Nachdem ich mich zwei Stunden gestylt hatte, stand ich um 18:55 vor der Einfahrt zu jenem Mehrfamilienhaus, in dem ich in einem kleinen Apartment wohnte. Um dem Motto der Party gerecht zu werden, hatte ich mir ein hautenges schwarzes Kleid angezogen. Schwarze Pumps und ein passender Blazer rundeten mein Outfit ab. Mein Handy klingelte. Es war Barbara.

„Oh Alice, ich habe gerade gesehen, dass du versucht hast mich anzurufen. Mein Akku war leer…".

Ich unterbrach sie und erzählte ihr von Mr. Kings Anruf - und, dass ich gerade auf die Abholung wartete.

„Du wirst es nicht bereuen. Dir werden am Anfang zwar

einige Dinge komisch vorkommen, aber du brauchst dir nichts weiter zu denken. Genieß es einfach! Tschüss meine Liebe."

So plötzlich wie Barbara das Gespräch beendet hatte, kam im selben Moment ein schwarzer SUV in die Straße eingebogen. Das Fahrzeug hielt vor mir und auf der Beifahrerseite stieg ein Mann im schwarzen Anzug aus. Von der Figur her hätte er auch Gewichtheber sein können. Er lächelte mich an, öffnete mir die Tür zur Rückbank und half mir in das völlig überdimensionierte Auto.

„Miss Stones, ich bin Frank und der Fahrer hier vorne heißt Alan. Wir werden Sie jetzt zum Fest der Sinne fahren. Es dauert etwas, machen Sie es sich bequem."

Wir fuhren schätzungsweise eine halbe Stunde und verließen zusehends das Stadtgebiet. Obwohl mir die ganze Sache immer noch seltsam vorkam und ich aufgrund der skurrilen Situation am liebsten laut losgelacht hätte, flammte mit jedem zurückgelegten Meter Vorfreude in mir auf. Frank und Alan sprachen kein Wort, wirkten aber bemüht, die Stimmung nicht zu angespannt wirken zu lassen. In einem dörflich wirkenden Vorort setzte Alan den Blinker. Der SUV bog auf eine kleine Landstraße ab. Ich konnte das hell erleuchtete Schloss schon von Weitem sehen.

„Dieses Schloss war früher ein Jagdschloss", erklärte mir Frank.

„Es gehörte dem Urgroßvater von Mr. King, der es weitervererbte. Mr. Kings Opa wiederum vererbte es an Mr. Kings Vater, er wiederum …".

„Ich denke, wir wissen, worauf du hinauswillst", lachte Alan los und auch ich konnte einen Lacher nicht unterdrücken. Etwa fünfhundert Meter vor dem Schloss hielt der Wagen an. Ich blickte durch das Fenster und sah zwei Typen, die die Uniform eines Wachdienstes trugen. Sie standen in der Mitte der Straße und versperrten dem Auto den Weg. Alan ließ das Fenster herunter und sagte laut: „Ultimate Desire."

Einer der Security-Typen nickte und die Männer ließen uns passieren. Als wir vor dem Schloss hielten sah ich, dass dort noch mindestens zwölf andere SUV´s geparkt hatten.

„Nun Miss Stones. Das hier werden Sie brauchen." Frank reichte mir einen edlen Beutel aus Seide, in dem sich etwas Undefinierbares befand. Er stieg aus, öffnete mir die Tür und half mir aus dem Auto. Er begleitete mich die Stufen zum Eingangsportal nach oben und machte dann kehrt. Ein edel gekleideter Butler öffnete mir das Tor und hieß mich willkommen. Ich griff in den Beutel, den Frank mir gegeben hatte und zog eine schwarze venezianische Augenmaske heraus, an der eine Feder befestigt war. In diesem Moment war es unmöglich einen klaren Gedanken zu fassen – wie elektrisiert durchschritt ich das Eingangsportal und betrat das Jagdschloss. Dann setzte ich meine Maske auf.

Ich durchschritt einen runden Empfangsbereich. Direkt neben mir führte eine Treppe nach oben, die mit goldenen Verzierungen und einem mächtigen Holzgeländer geschmückt war. Mir gegenüber befand sich eine schwere Tür aus Eichenholz. Links und rechts davon standen zwei Männer, deren breitbeiniger Stand und Armhaltung mich sofort an die Türsteher eines Clubs erinnerte. Sie trugen weiße venezianische Karnevalsmasken, die ihre Gesichter komplett verdeckten. Während ich auf sie zuging, legte einer der Männer seine Hand auf die Klinke der Tür und hielt dann inne. Dabei verrutschte sein Sakko und ich sah einen Pistolenholster unter seiner Achsel. Wo zur Hölle, war ich hier gelandet? Obwohl ich nicht wusste wie mir geschah, ging ich immer weiter auf die Tür zu, die eine fast magische Anziehungskraft ausübte – als wäre sie das Portal in eine andere Welt. Zu diesem Zeitpunkt ahnte ich noch nicht, dass sich dieser Vergleich als ziemlich treffend herausstellen sollte. Als ich drei Meter vor den maskierten Anzugträgern stand, machte einer einen Schritt auf mich zu. Sein Kollege verharrte mit der Hand auf der massiven geschwungenen Klinke. Der Mann vor mir musterte mich intensiv durch die Augenlöcher seiner Maske. Ich wollte fast fragen, ob ich mich in einer TV-Show befand, so absurd kam mir diese Situation vor.

„Willkommen im Schloss. Sie haben jetzt die letzte Möglichkeit, es sich anders zu überlegen.

Durchschreiten Sie diese Tür, erklären Sie Ihre vollste Diskretion. Was sie sehen bleibt innerhalb dieser Schlossmauern. Sollten Sie jemals ein Wort darüber verlieren … könnten gewisse Maßnahmen ergriffen werden."

Ich dachte an die Pistole seines Kollegen und war mir sicher, dass auch er eine Waffe trug. Mir lief ein eiskalter Schauer über den Rücken. Ich war kurz davor kehrtzumachen, doch dann fiel mein Blick auf die Tür. Was passierte dahinter?

Meine Abenteuerlust siegte, als ich mich sagen hörte: „Ich will eintreten."

Der Typ vor mir nickte kurz mit dem Kopf und befahl dem Anderen so, die Tür zu öffnen. Bisher hatte ich keinen Ton vernommen, doch nun hörte ich Musik, Gerede und Schreie durch die geöffnete Tür dringen – Schreie der Lust und der Ekstase.

„Viel Vergnügen."

Der Maskierte trat zur Seite und ich ging durch die Tür. Ich befand mich nun in einem kurzen Gang, an dessen Ende ein schwerer roter Samtvorhang die Sicht auf die Szenerie dahinter versperrte. Die Geräusche wurden lauter und immer intensiver. Ich fühlte, wie sich Lust in mir aufbaute. Eine wohlige Wärme quoll durch meinen Körper. Ich ging auf den Vorhang zu und zog ihn mit einem Ruck zur Seite. Ich konnte nicht glauben, was ich sah …

Ich befand mich nun in einem großen Prunksaal, dessen Wände mit Stuck, golden Applikationen und Kerzenleuchtern geschmückt waren. Rote Wandteppiche mit golden Stickereien rundeten das royale Flair, das der Saal versprühte, ab. Es befanden sich schätzungsweise 30 Personen in dem Saal, die meine Ankunft kaum zu merken schienen. Alle Anwesenden trugen edle Masken, die mit goldener Farbe, glitzernden Steinen oder verschnörkelten Bemalungen verziert waren. Alle Masken verdeckten großzügig die Augenpartien, einige davon auch noch weitere Teile des Gesichts. Das machte es unmöglich die Identität der Anwesenden festzustellen. Alle Gäste hatten sich offensichtlich an das Motto „Casino" gehalten und trugen schicke Abendgarderobe. Eine Gruppe Männer stand an einem Tresen, auf dem sich unzählige Flaschen Champagner und andere alkoholische Getränke befanden. Sie prosteten sich mit ihren Gläsern zu. Es schien sie nicht zu stören, dass keine zwei Meter entfernt eine blonde Frau vor einem Mann mit heruntergelassener Anzughose kniete und ihn oral befriedigte. Er genoss den Blow-Job sichtlich und stöhnte auf als sie mit ihrer Hand seine Hoden massierte. Im Eifer des Gefechts war ihr der Rock über den Po nach oben gerutscht und mein Blick verharrte einige Sekunden auf ihrem prallen Hinterteil. Begierde und Lust breitete sich aus, aber auch Unglauben. War das real?

Ich ließ den Blick durch den Saal schweifen. In einer Ecke stand ein großes Sofa, auf dem es zwei Gäste trieben. Eine dunkelhaarige Frau mit braungebrannter

Haut, deren Gesicht komplett von einer weißen Maske verdeckt war, saß auf ihrem Partner und ritt ihn hart. Sie bewegte ihr Becken in beinahe hypnotischer Weise auf und nieder und ihre großen Brüste wippten dazu im Rhythmus. Daneben saß in einem Sessel ein anderes Paar und beobachtete das wilde Treiben. Die Frau saß nur noch mit Spitzenunterwäsche bekleidet auf seinem Schoß und massierte seinen steifen Penis, der sich unter dem Stoff seiner Hose abzeichnete. Ihre andere Hand, war in ihr Höschen gewandert und rieb sich an ihrer Lustperle. Vor einem großen Kamin, in dem ein Feuer prasselte, lag eine Matratze mit seidenem Überzug. Darauf kniete eine Frau mit lockigen roten Haaren, das Gesicht in den Stoff gedrückt. Ihre Handgelenke waren hinter ihren Rücken mit einer Krawatte gefesselt, weshalb sie sich nicht abstützen konnte. Sie präsentierte einem noch ziemlich jung wirkenden Typen ihren Hintern und er drang von hinten in sie ein. Sie keuchte, wand sich und gab sich unter seinen Stößen total der Situation hin. Der Typ nahm sie immer härter und bearbeitete ihren Po mit einer Gerte, die rote und feurige

Striemen hinterließ. Sie stöhnte vor Lust und vor Schmerz laut auf und kam zum Höhepunkt. Zwischen all diesen sexuellen Ausschweifungen, gab es auch Grüppchen im Saal, die sich einfach nur unterhielten, gemeinsam lachten und tranken. Einige hatten noch ihre Abendkleider und Anzüge an, während andere sich schon ausgezogen hatten. Zwei Frauen, die nur noch mit Unterwäsche bekleidet waren, gingen an mir vorbei und holten sich am Tresen ein Getränk. Ich wusste nicht wo mir der Kopf stand, die Situation überforderte und faszinierte mich zugleich. Mir fiel es immer schwerer die heißen Wallungen zwischen meinen Beinen und die pochende Lust in meinem Körper zu ignorieren. Ich spürte, wie ich feucht wurde.

„DAS ist Freiheit!", hörte ich plötzlich eine Stimme neben mir sagen.

Ich fuhr herum und sah einen Mann, der eine schwarze Maske mit einer vogelartigen Nase trug. Die untere Hälfte seines Gesichts war nicht bedeckt und ich sah sein markantes glattrasiertes Kinn, das den Duft eines herb duftenden Rasierwassers verströmte. Seine dunklen Haare hatte der Unbekannte akkurat zurück gegelt.

„Sie sind spät. Einige der Anwesende vergnügen sich schon seit einer Stunde", lachte er.

Ich erkannte seine Stimme. Es war Mr. King!

„Ich hoffe dieses Fest wird Ihre Sinne erweitern und Sie werden es genießen."

Er trat an mich heran und küsste mich sanft auf den Hals. Ein wohliger Schauer durchzuckte meinen Körper und ich konnte die sexuell aufgeladen Atmosphäre, die die Luft beinahe vibrieren ließ, nicht mehr handeln. Ohne eine Sekunde zu zögern, küsste ich Mr. King auf den Mund. Unsere Lippen öffneten sich und unsere Zungen tanzten einen erotischen, wilden Tanz. Seine Hand fuhr über meine Schenkel nach oben und ich stöhnte auf, als ich seine harte Männlichkeit durch seine Hose berührte. Es musste ein Traum sein! Ich hatte noch nie eine derartige Lust gespürt. Ich knöpfte sein Hemd auf. Meine Hand erkundete seine trainierte Brust und umspielte seine harten Nippel.

„Wissen Sie, es ist so: Auch ich gebe mich gelegentlich dem Vergnügen des öffentlich zur Schau gestellten Sexualakts hin. Das tun wir alle hier, wie Sie sicher gemerkt haben", grinste er.

„Sie werden aber sicher auch schon gemerkt haben, dass ich der Gastgeber bin. Daher stehen mir gewisse Privilegien zu, die ich gerne für Premieren-Gästen, nutze. Dazu gehört auch ein Rückzugsort für etwas … etwas … Zweisamkeit. Wollen Sie mich begleiten Alice?" Diese Hitze in meiner Weiblichkeit! Diese Lust! Diese Begierde!   „Ja … ja …", keuchte ich.

Er nahm mich an der Hand und führte mich zu einer Tür am anderen Ende des Saals. Dahinter befand sich eine Treppe, die in einen Flur führte, der links und rechts sechs Türen hatte. Wir gingen auf die zweite Tür auf der linken Seite des Flures zu und Mr. King öffnete sie. Es war ein etwas spartanisch eingerichteter Raum, in dem sich ein großes Bett mit riesigen eisernen Bettpfosten befand. „Willkommen im Spezial-Trakt des Schlosses", sagte Mr. King und nahm seine Maske ab.

Das stechende Blau seiner Augen traf mich wie ein Peitschenhieb. Er beugte sich zu mir herunter, küsste mich sanft auf die Lippen und öffnete den Verschluss meiner Maske.

„Du bist viel zu hübsch für diesen Karneval, Alice", lächelte er. „Und viel zu hübsch für das hier!"

Er öffnete den Rückenverschluss meines Kleides, das sofort zu Boden fiel. Ich stand nur noch in Unterwäsche vor ihm und ich merkte, dass sich in meinem Tanga ein kleines Pfützchen gebildet hatte. Er öffnete meinen BH. Meine prallen und geschwollenen Lustknospen boten sich ihm dar. Ich stöhnte vor Lust auf, als seine Zunge meine Nippel umspielte und küsste. Ich öffnete sein Hemd und wir legten uns ins Bett. Seine Zunge wanderte nach unten und ich spürte die feurige Begierde, die seine Bewegungen auslöste. Ich hob mein Becken an, dass er meinen Tanga leichter ausziehen konnte. Zu spüren, wie er meinen Tanga langsam über meine Schenkel und Beine auszog, raubte mir den Verstand. Er griff in seine Hosentasche und holte eine seidene Schlafbrille hervor.

„Setz die auf! Vertrau mir."

Ich tat, was er verlangte. Die Dunkelheit törnte mich an. Ich spürte wie er mein Handgelenk nahm und fühlte ein raues Seil auf meiner Haut. Dann am anderen Handgelenk. Er band mich an den Bettpfosten fest. Himmel! War das heiß! Und neu! Dann waren die Fußgelenke dran. Mit geübten Griffen, brachte er auch diese Fesselung schnell hinter sich. Ich lag nun mit allen Vieren von mir gespreizt vor ihm. Zur Bewegung unfähig. Blind. Ich war ihm ausgeliefert! Doch ich verspürte keine Angst – nur grenzenlose Lust und Leidenschaft.

Ich spürte, wie mein Liebessaft an mir herablief und auf das Bett tropfte. Plötzlich dieses Gefühl! Seine Zunge umspielte meine Klitoris und ich stöhnte auf. Ich wollte mich bewegen und winden, doch ich kam gegen die Fesseln nicht an. Seine Zunge wurde immer schneller, intensiver.

„Jaaa … Jaaa …!"

Ich stöhnte immer lauter. Ich wollte es! IHN! Genau

JETZT!

„Fick mich! Fick mich … Bitte!"

Ich hörte wie er seinen Gürtel öffnete. Als er mit seiner steinharten und großen Männlichkeit in mich eindrang, schien ich meinen Körper zu verlassen. Ich sah von oben, wie er mich mit harten Stößen fickte, wie ich vor Lust schrie. Ich wand mich, wollte ihn umarmen, doch die Fesseln ließen es nicht zu. Ich spürte wie sie auf meiner Haut rieben – der süßeste Schmerz der Welt. „Mach es! Härter! Jaaaa…".

Seine Stöße wurden immer härter, die heiße Reibung in meiner Vagina immer intensiver. Er drang immer tiefer und tiefer in mich ein. Als ich zum Höhepunkt kam schrie ich meine Lust heraus – ich hatte zuvor in meinem Leben noch nie eine derartige Befriedigung gespürt. Ich spürte wie Mr. King in mir kam, fühlte die Wärme seines Liebessaftes. Er sackte auf mir zusammen.

„Das war … unglaublich", keuchte er hervor.

Er küsste mich sanft, und machte meine Fesseln los. Ich wusste nicht, dass ein Mensch fühlen kann, was ich fühlte. Das „Fest der Sinne" hatte mein Leben für immer verändert. Nackt und eng umschlungen stand uns direkt die zweite Runde bevor – und auch sie würde wieder ein „Fest der Sinne" werden.

Kapitel 4

Das leidenschaftliche „Plus" der Freundschaft

„Prost Mary! Auf uns, und auf das Leben!", lachte Linda und erhob ihr mit Rotwein gefülltes Glas in meine Richtung.

„Zum Wohl", erwiderte ich lächelnd, „und danke für diesen wunderschönen Abend! Du hast ja wieder richtig lecker aufgekocht. Ich liebe deine Antipasti und das Rezept für deine gefüllte Paprika musst du mir endlich mal geben."

Es war wirklich ein super Abend gewesen. Linda und ich kannten uns seit der Universität. Wir machten damals zusammen unseren Abschluss in Wirtschaftswissenschaften. Danach hatten sich unsere beruflichen Wege getrennt, da ich als Beraterin bei einer kleinen Firma anfing, während Linda schnell den Posten einer Abteilungsleiterin bei einem internationalen

Großkonzern antrat. Dennoch waren wir beste Freundinnen geblieben. Wir schrieben täglich, gingen am Wochenende aus und hatten viel Spaß zusammen. Wir waren nach einigen enttäuschenden Beziehungen (eine davon endete in Lindas Fall sogar in einem Polizeieinsatz wegen häuslicher Gewalt) überzeugte Singles. Auch deshalb hatten wir die Tradition des „Girls Abend" ins Leben gerufen. An diesem Abend, der einmal im Monat stattfand, luden wir uns abwechselnd zum Abendessen ein und bekochten uns gegenseitig. Wir tranken Wein, lachten und erzählten uns alte Anekdoten aus der Studienzeit. Ich liebte die Gesellschaft von Linda, ihre aufmerksamen dunklen Augen, ihr Lächeln, das stets ihre Lippen umspielte und ihre lockigen langen Haare. Sie war einer jener Menschen, dessen Anwesenheit einen inneren Urlaub auslöste. Ich musterte sie in ihrem weißen Sommerkleid. Mein Blick blieb an ihrem üppigen Dekolletee hängen und ich spürte ein Gefühl in mir aufsteigen. Ein Gefühl das ich nicht deuten konnte! Linda schien es zu merken. Sie lächelte mich verlegen an und ich merkte, wie mir das Blut in den Kopf schoss. Puh, der Wein zeigt anscheinend sehr schnell seine Wirkung, dachte ich und lächelte in mich hinein. „Es freut mich, dass es dir geschmeckt hat. Das Rezept bekommst du beim nächsten Mal", lachte Linda in dem Wissen, dass wir es ohnehin wieder vergessen würden. „Alles klar. Warte Linda, ich trage das Geschirr ab, das ist das Mindeste."

„Cool, danke dir! Ich schenke uns noch ein Gläschen ein", kicherte Linda. Ich lächelte, nahm unsere Teller und ging durch Lindas großes Esszimmer in die Küche.

Ich wunderte mich immer, wie groß Lindas Küche war – und vor allem wie schick. Jede Hobbyköchin oder Hausfrau wäre wohl vor Neid erblasst. Ich stellte die Teller auf der großen Holzfläche ab und wollte mich gerade umdrehen, als ich spürte, wie ich von hinten umarmt wurde. Ich spürte einen sanften Kuss auf meinem Hals. Ich fühlte wie ich eine Gänsehaut bekam. Ich fuhr herum und sah direkt in Lindas strahlende Augen. Ich schien einen etwas verwirrten Eindruck zu machen, denn sofort sagte sie: „Es tut mir leid, Mary! Mich haben wohl die Gefühle etwas überwältigt. Es ist nur so: Du bedeutest mir so viel und eigentlich wünsche ich mir das schon sehr, sehr lange."

Sie grinste mich mit einem schiefen Mund an, der wohl Verlegenheit ausdrücken sollte, aber ihre Augen schienen direkt in meine Seele zu blicken. Ich spürte wie ein unbändiges Verlangen in mir aufstieg, ein Verlangen, das nicht kontrollierbar war. Heiße Lust erfasste meinen Körper.

Ehe ich wusste, was ich tat und ohne nachzudenken, stammelte ich: „Ich … ich … ich wünsche mir das eigentlich auch schon sehr lange, Linda!" Ich beugte mich etwas runter und unsere Lippen trafen sich in einer Explosion der Sinnlichkeit. Ich spürte wie unsere Zungen eins wurden und sich liebkosten, fühlte, wie ich unter Lindas Kleid fuhr und ihre Brüste erkundete. Ich war in sexueller Hinsicht nie ein Kind von Traurigkeit gewesen, doch mit einer Frau hatte ich noch nie etwas gehabt. Und jetzt ausgerechnet mit meiner besten

Freundin? Doch für solche Gedanken blieb mir keine Zeit. Ich umspielte mit meinen Fingern die Knospen von Lindas großen, straffen Brüsten. Linda stöhnte auf und küsste mich auf den Hals. Meine Lust kannte keine Grenzen mehr und ich gab mich völlig diesem Moment hin – einem jener Momente, in dem die Zeit still zu stehen scheint! Ich beugte mich über die Arbeitsplatte der Küche und spürte, wie Linda meinen Rock nach oben schob. Sie küsste meinen Po wild und leckte und erforschte jeden Zentimeter mit ihrer Zunge. Ich spürte eine feurige Wärme zwischen meinen Beinen.

Oh Linda! Ausgerechnet wir! Ausgerechnet jetzt! Linda zog meinen Tanga nach unten, der auf den Küchenboden fiel. Sie spreizte meine Beine, ging in die Hocke und drückte ihr Gesicht zwischen meine Pobacken. Ich fühlte, wie ihre Zungenspitze lustvoll meine Klitoris umzüngelte. Ich spürte, wie ich immer feuchter wurde und stöhnte auf.

„Linda … mach weiter … gib es mir!", keuchte ich hervor.

Linda schob mir zwei Finger rein und dirigierte so in einem intensiven Rhythmus meine Lust, die meinen Körper an den Rand des erträglichen brachte. Ich spreizte meine Pobacken noch mehr, damit Lindas Zunge meine Klitoris leichter liebkosen konnte. Ich fühlte das sanfte und doch bestimmte Spiel ihres Mundes, während sie mir ihre Finger immer weiter und immer tiefer hineinschob. Immer tiefer … und tiefer … und tiefer.

Ich schrie laut auf, als ich zum Orgasmus kam. Ich zitterte vor Erregung und Lust, als ich mich umdrehte und auf Linda herunterblickte. Linda erhob sich, küsste meinen Hals und sagte: „Komm! Lass uns auf das Sofa gehen."

Ich nickte lächelnd, während mein Kopf zu explodieren schien. Was für ein unbeschreibliches Gefühl! Linda nahm mich an der Hand und wir gingen gemeinsam zum Sofa, wo wir uns beide komplett auszogen. Meine heiße Begierde kannte keine Grenzen. Ich leckte Lindas Brüste, küsste sie leidenschaftlich und liebkoste ihren

Hals. Die Tatsache, dass wir als beste Freundinnen auch in dieser Hinsicht so gut harmonierten, machten mich noch heißer. Linda legte sich rücklings auf das Sofa, spreizte die Beine und gab ihre Vagina frei.

„Tu es …", flüsterte sie.

Ich schmeckte ihren Saft, roch ihren Duft und spürte das lustvolle Zittern ihres Körpers, als sich der Höhenpunkt in ihr aufbaute. Ich rieb ihre Klitoris mit meiner Hand und wurde immer schneller, während meine Zunge die Öffnung ihrer Vagina umspielte. Die ganze Szenerie war unglaublich intensiv und sexuell aufgeladen. Mit meiner anderen Hand umspielte ich meine eigene Vagina, was das Ganze noch heißer und geiler machte. Linda packte meinen Kopf mit beiden Händen und drückte mein Gesicht gegen ihre Vagina und rieb sie an meiner Zunge.

„Jaaaaa… Mary! Ohhh … Jaaaaaaaaaaaaa!"

Lindas Orgasmus kam einer Explosion gleich und ich spürte eine tiefe Zufriedenheit, als Linda befriedigt und glücklich auf dem Sofa niedersank.

Ich nahm sie in den Arm, spürte ihre warme Haut auf meiner. Wir küssten uns leidenschaftlich und Linda murmelte ein „Danke", bevor sie einschlief. Mit der Erkenntnis, dass auch die unaussprechlichsten Sehnsüchte plötzlich wahr werden können, schlief ich ebenfalls ein.

Kapitel 5

Die geile Extra-Übung

Acht … neun … zehn … elf … zwölf – geschafft! Ich beendete mein Workout mit diesem letzten Satz Kniebeugen. Um die Herausforderung noch zu steigern, hielt ich zwei Hanteln in den Händen. Ich fühlte mich richtig gut und lebendig. Dafür war einzig und alleine der Sport verantwortlich, da er meinem Leben wieder eine Struktur gab. Meinem Leben, das vor zehn Monaten in Trümmern lag. Ich werde den stürmischen Januartag nie vergessen, als ich früher Feierabend machte. Ich wollte vor Jim zuhause sein und ihn mit einem romantischen Abendessen überraschen. Ihm sein Lieblingsgericht kochen… Schon als ich den Schlüssel in das Türschloss steckte, hörte ich im inneren unserer Wohnung das lustvolle Stöhnen einer Frau. Wie paralysiert ging ich durch den Flur der Wohnung, auf unser Schlafzimmer zu. Mit jedem Schritt wurde das

Stöhnen lauter, ich hörte klatschende Geräusche und das Keuchen von Jim. Meine Welt stand still, als ich die Klinke zur Schlafzimmertür herunterdrückte – und kurz danach zerbrach sie!

Es folgte eine grausame Zeit. Jim, von dem ich dachte, er würde eines Tages mein Mann werden, zog sofort aus. Im letzten Gespräch offenbarte er mir noch, dass er mich quasi während der gesamten Zeit unserer Beziehung mit unzähligen Frauen betrogen hatte. Danach sah ich ihn nie wieder. Ich fiel in ein tiefes Loch, schien mein Leben doch eine einzige Lüge gewesen zu sein... Über Monate hinweg trank ich jeden Abend unzählige Drinks, aß Eis, bestellte mir Pizza und weinte mich jeden Tag in den Schlaf. Als ich eines Morgens verkatert in einem „Krisengespräch" mit meinem Chef saß, dem mein Leistungsabfall nicht entgangen war, fasste ich den Entschluss, dass es so nicht weitergehen konnte. Jim würde mein Leben nicht zerstören – nicht dieses untreue Arschloch!
Fast schon aus Trotz schrieb ich mich in einem der

größten Fitnessstudios der Stadt ein – und einem der besten! Ab sofort wurde das „All for Fit" mein zweites Zuhause. Ich trainierte viel und hart und merkte, wie die unzähligen Stunden mit den Hanteln in der Hand, auf dem Laufband oder auf dem Cross-Trainer nicht nur meinen Körper veränderten – sie reinigten meine Seele. Zum ersten Mal seit Jahren, war ich mit mir selbst im Reinen und zufrieden mit mir. Eine Durchsage riss mich aus meinen Gedanken: „Liebe Sportfreunde, wir bitten Sie ihr Training langsam, aber sicher zu beenden. Wir schließen demnächst."

Ich ließ den Blick wandern und stellte überrascht fest, dass ich die einzige Anwesende war. Ich blickte auf mein Handgelenk. 23:30 funkelten mir die digitalen Ziffern, meiner Sportarmbanduhr entgegen. Ich hatte Morgen frei und hätte deshalb gerne noch einen letzten Lauf auf dem Band gemacht, doch die Zeit schien mir einen Strich durch die Rechnung zu machen. Ich schnappte mir mein Handtuch und meine Trinkflasche und verließ die leere Sporthalle, in der sich ein

Sportgerät ans nächste reihte.

Es gefiel mir jedes Mal aufs Neue, die Kabine zu betreten. Diese verfügte über einen schönen gefliesten Boden, großen Bänken in warmen Holztönen und dazu passenden Spinds, die mit rosa Applikationen versehen waren. Da kann die Kabine beim Schulsport früher nicht mithalten, dachte ich grinsend. Doch auch hier befand sich niemand, offensichtlich war ich wirklich die letzte. Schnell schlüpfte ich aus meinen Sneaker, zog mir meine Leggins und meinen Tanga herunter und entledigte mich meines Shirts und meines BH´s. Mit meinem Handtuch ging ich in Richtung der Duschen, die man Dank mediterraner Dekoration als Wohlfühloase bezeichnen konnte. Ich spürte wie das lauwarme Wasser über meinen Körper lief, wie mein schulterlanges Haar nass wurde – und wie mein Körper Endorphine ausschüttete. Die Einsamkeit in der Dusche machte mich an. Ich war völlig alleine. Eine plötzliche Lust überfiel mich.

Ich schloss meine Augen und meine rechte Hand wanderte zwischen meine Beine, wo meine Lustperle immer mehr anschwoll. Meine Finger umspielten sie und rieben sie sanft. Ich stöhnte leise auf und fühlte wie eine flammende Lust in mir aufstieg, die sich zwischen meinen Beinen konzentrierte. Ich bewegte meine rechte Hand schneller auf und ab und stimulierte meine Weiblichkeit. Ich merkte wie sich der Orgasmus in mir aufbaute. Ein lautes „Fuck! Sorry!", sprengte diesen Moment der Lust. Ich riss die Augen auf.

In der Tür, die zu den Duschen führte, standen zwei Männer, die ich bereits sehr gut kannte. Es waren Steve und Michael, die beide als Fitness-Trainer im „All for Fit" arbeiten. Beide waren ihrem Beruf entsprechend sehr gut gebaut. Steve hatte einen gepflegten Vollbart und eine schicke Kurzhaarfrisur, während Michale glattrasiert war und seine Haare länger trug. Ich hatte mit beiden während meiner zahlreichen Aufenthalte im Studio schon oft Kontakt gehabt und mochte beide. Steve hatte ein eher zurückhaltendes Wesen, das aber dennoch sehr charmant war. Bei Michael hatte ich dagegen immer das Gefühl, dass er mich mit seinen

Augen auszog. Doch sein gewinnendes Lächeln ließ mich stets aufs Neue fast dahinschmelzen.

„Michael?! Steve? Warum? Was … Was zur Hölle macht ihr in der Frauen-Dusche?", stammelte ich.

Obwohl ich komplett nackt vor ihnen stand, bedeckte ich weder meine Vagina, noch meine Brüste.

„Katy! Wir wussten nicht …", fing Steve an, „dass noch jemand hier ist!", vollendete Michael seinen Satz.

„Wir wollten nur sehen, ob noch jemand hier ist, bevor der Laden hier schließt", fuhr er fort.

Die beiden trugen kurze Shorts, die ihre trainierten Beine zeigten und ihre ärmellosen Shirts mit dem Logo des Studios gaben den Blick auf ihre Armmuskeln frei. Ich spürte wie sich Erregung und Lust in mir ausbreitete. Ich konnte das wärmende Gefühl, dass wieder in mir aufstieg nicht mehr ignorieren. Ich hatte Lust! Ich wollte ES! Ich wollte sie – BEIDE!

Während Steve etwas verlegen dreinblickte, musterte Michael ganz ungeniert meinen Körper. Sein Blick blieb an meinen Brüsten haften und er verzog den Mund zu einem Grinsen. „Sorry für die Störung! Wir gehen jetzt, MICHAEL", stieß Steve hervor, der die Blicke seines Kollegen zu sehen schien.

Ehe ich wusste, was ich tat hörte ich mich sagen: „Wisst ihr, ich hatte einen ziemlich erfolgreichen Tag. Es wäre schön, wenn er noch erfolgreicher ausklingen könnte. Wenn ihr Lust habt, könnt ihr mir hier gerne Gesellschaft leisten.".

Ich lächelte sie an. Steve schien etwas verwirrt zu sein, doch Michael war bereits dabei sein Shirt auszuziehen. Er entblößte seinen durchtrainierten Oberkörper und kam zu mir. Ich kniete mich vor ihm auf den Boden, zog ihm ruckartig seine Short herunter. Seine pralle Männlichkeit kam zum Vorschein und mir gefiel, was ich sah. „Na dann, Katy. Die letzte Übung für heute!", grinste er mich an.

Ich nahm sein warmes, pulsierendes Glied in meine rechte Hand. Ich schloss meine Augen, öffnete den Mund. Ich umspielte seine Männlichkeit mit meiner Zunge und hörte, wie Michael aufstöhnte. Ich bewegte meinen Kopf vor und zurück und spürte wie sich mein Speichel und seine Tropfen der Lust in meinem Mund vermischten. Ich spürte, wie ich zwischen den Beinen feucht wurde. Ich fühlte mich unfassbar lebendig. Als ich die Augen öffnete sah ich das steinharte Glied von Steve, das sich vor meinem Gesicht präsentierte. Ich sah Steve kurz an, er lächelte etwas verlegen, doch in seinen Augen funkelte die Gier und die Lust.

Ich gab Michael frei und bearbeitete ihn mit meiner rechten Hand, während ich Steve liebkoste, der das Ganze mit lustvollen Lauten begleitet. Ich fühlte wie an der Innenseite meiner Schenkel mein Lustsaft hinablief und wie meine Brustwarzen anschwollen. Ich erhob mich aus meiner knienden Position und ging mit Steve und Michael zurück in die Kabine. „Jetzt seid ihr dran", sagte ich lachend. Ich schubste Steve spielerisch auf die Sitzbank und drückte ihn nach unten. Er stöhnte auf, als ich mich rittlings auf ihn setzte und mir seine harte Männlichkeit einführte. Ich ritt ihn hart und ohne Gnade und spürte die feurige Lust zwischen meinen Beinen. Ich stöhnte auf. Voller Lust, voller Ekstase.

„Komm Michael … Komm!", keuchte ich hervor.

Ich lag nun rittlings auf Steve und konnte so mein Poloch freigeben.

„Schieb ihn mir rein Michael! Tu es …".

Ich stöhnte vor Lust auf und hieß den süßen Schmerz willkommen, als Michael in mein zweites Loch eindrang. Ich lag nun zwischen Steve, der mich von unten in meine Vagina stieß und Michael, der von hinten rammte. In zwei Löcher gleichzeitig penetriert zu werden, raubte mir fast alle Sinne. Die feurige Wärme in beiden Löchern zu fühlen, war eine völlig neue und intensive Erfahrung. Ich spürte, wie sich mit jedem Stoß der Orgasmus aufbaute – mehr und mehr und mehr. Ich schrie vor Lust auf, als Steve und Micheal meinen beiden Körperöffnungen ein Fest der Lust schenkten. Ich spürte die Reibung, den heißen Schmerz.

Mein Orgasmus kam plötzlich, ich schrie meine Lust heraus und auch meine heißen Hengste kamen zum Höhepunkt. Ich spürte ihren Liebessaft kommen und hörte lautes Stöhnen. Als ich zwischen diesen beiden attraktiven Männern lag, die mich gerade ultimativ befriedigt hatten wusste ich, dass Jim wirklich keine Rolle mehr in meinem Leben spielte. Ich hatte Spaß an meinem Leben – wann ich wollte und mit WEM ich wollte! Und ich lachte voller Befriedigung und Genugtuung auf: Mein Leben gehörte nur MIR!

Haftungsausschluss

Impressum

Copyright Chloe Martinez
1. Auflage 2018
Ansprechpartner und Management: Raphael Fröschlin
Schloss Straße 11
74639 Zweiflingen